AF209903

Rakkaus verestä punainen

Rakkaus verestä punainen

Runoja ja kertomuksia

Paavo Räisänen

Olen julkaissut aiemmin BoD:in kustantamana useita kirjoja.
Kirjailija sivuni: www.kirja-lakka.com

© 2024 Paavo Räisänen
Kustantaja: BoD – Books on Demand, Helsinki, Suomi
Valmistaja: BoD – Books on Demand, Norderstedt, Saksa
ISBN: 978-952-80-7163-1

Sisällysluettelo

Luvut:

Rakkaus palava

Palava, hehkuva

on rakkaus Korkeassa Veisussa

polttava tuli

joka voittaa synnin

tämä tuli on Kristuksen rakkaus

sillä Korkea Veisu

on profeetallinen kirja

Seurakunta morsiamen

ja Taivaallisen Yljän, Jeesuksen

rakkaudesta

Verestä punainen

oli Rakkaus

Vapahtajan

kun huuto kaikui pimeydessä

"Isä, anna heille anteeksi"

Hän on kuin Sharonin kaunis ruusu

lilja Sharonin

kirkas kaupunki

maailman keskellä

Yljän on hän rakkaus

Ei vuorelle perustettua kaupunkia

voi ihmisiltä peittää

kaikuu sieltä Sana

kaikelle kansalle

Ylösnousemusruumis kerran nousee

maan tomusta

mereen ripotellusta tuhkasta

on sielu jo odottamassa iäisyydessä

viimeistä tuomiota

Niin temppelin esirippu repesi

tie kaikkein pyhimpään oli auki

oli täydellinen uhri annettu

Jumalan uhrikaritsa

meidän tähtemme

ei tarvittu enää

uhrieläintä

Oli synti sovitettu

kolmantena päivänä

kuolema voitettu

Roomalaisten synti

homous neitseiden poikien kanssa

saatanan tekemä synti

vaati apostolien kuoleman

saatana vaati sen

sovittaakseen oman häpeänsä

teosta raukkamaisesta

synnistä suuresta

Armo oli ennen maailmaa

ajassa iäisyydessä

Poika lupasi Isälleen

"Luo sinä,

minä lunastan"

Rakkaus oli suurin ristillä

sillä Hän on suurin rakkaus

edestämme annettu

vuodatettu

Totuus

kerro meille totuus

kysyy ihminen

"Ihminen on vain liha,

heikko on hänen voimansa.

Tarvitsee armoa,

ylitse syntiensä.

Sovintoveren ääntä.

"

Golgata

Getsemane

opettaa totuuden

Synnin yön vallatessa maan

palavat Goosenin maalla valot

Jumalan kansa siellä levossa

vihollisen piirittäessä

Siionin muurit kestävät

vihollisen ampuessa syntinuolillaan

on Kristus sen kilpi

sotavarustus

Satuttaa syntinuolet silti

joskus tappavat, murhaavat

ei helppoa elämää

Raamattu lupaa

vaan palkan kerran perillä

autuaan

"Taivaassa ei naida, eikä huolita", sanoi Jeesus. Paratiisissa oli sukupuolielämä ja käsky lisääntyä ja täyttää maa. Ilmeisesti osa taivasta on Paratiisi, missä saamme käyskennellä ja syödä kaikkinaisista puista. Mutta taivaassa ei Paratiisissakaan ole sukupuolielämää. Emme kaipaa sitä enää. Kaikki on hyvin. Saamme taivaassa kaiken sen, mistä haaveilimme, kunhan se ei ollut syntiä, sillä taivaassa ei ole syntiä ja maan päällä ihmisellä on himo syntiin, mutta taivaassa tätä halua ei ole.

Kaikki kasvit ja eläimet luotiin lajinsa jälkeen Paratiisiin. Raamattu ei kerro, että niitä olisi poistettu. Kielletyn hedelmän puuta ei ole enää maan päällä, vaan kaikkinaisista puista on hyvä syödä, poislukien, että on esim. myrkyllisiä marjoja ja sieniä.

Jumala loi ˅ kaiken ensin Paratiisiin. Ihminen saattoi olla kymmeniä tuhansia vuosia Paratiisissa ennen syntiinlankeemusta. Paratiisiin luotuja lajeja Jumala on sitten luonut myös muualle maan päälle. Ilmeisesti myrkylliset kasvit muuttuivat myrkyllisiksi syntiinlankeemuksen jälkeen.

On myös mahdollista, että Paratiisi peitti koko maan. Ensin luotiin Adam ja Eeva ja sen jälkeen eri puolille Paratiisia muita kansoja rotunsa jälkeen. Saatana enkeleineen ajettiin ensin maahan, jota kokonaan peitti Paratiisi, mutta kolkkaan, missä ei ollut vielä ihmisiä. Saatana luikerteli sieltä viettelemään ihmisen.

Kertomus

Raamattu kertoo vähän taivaasta ja ihmisen osasta siellä. Raamattu puhuu ikuisista Karitsan häistä. Se puhuu ihmisten olevan enkelien kaltaisia, sukupuolettomia ja siellä ei ole avioliittoa eikä syntiä. Raamattu kertoo kuitenkin, että siellä olisi ylösnousemusruumiin ihmismäinen osa, kun sanoo Opetuslasten hallitsevan kahtatoista Israelin sukukuntaa. Ilmeisesti taivas on ihana paikka, jossa on hyvin monenlaista ja haaveet toteutuvat siellä, mitä kukin oli haaveilut, oli se siten kalavesiä tai erämaita, tai mitä se kenelläkin oli. On ilmeistä, että yksi osa taivasta on Paratiisi, mutta siellä on vielä parempikin osa enkelinä Karitsan häissä.

Kun synnin yö laskeutuu

Jesaja oli uskovainen, poikkeuksellinen poika, koska Jeesus vaikutti hänen kauttaan ja varsin esimerkillinen. Hän valitti myöhemmin saastaisia huulia. Hän ilmeisesti syyllistyi siihen, että suuteli ihanaa ja siveältä vaikuttavaa tyttöä, mutta tyttö paljasti tehneensä huorin ja näytti hirveän porton. Jesaja otti teostaan uskovaisena synnin ja saastaiset huulet, ei väärää oppia, että olisi tehnyt jotain sallittua. Hän tunsi olevansa hirvittävän paha ja syntinen, koska oli ollut hyvin esimerkillinen ja tunsi pettäneensä kaikki, kun lankesi. Kun Jesaja sai näyn, enkeli vei tulisella hiilellä hänen saastaiset huulensa, mutta Jesajan on täytynyt saada tämä synti anteeksi myös uskovaisen ihmisen saarnaamana.

Huoruus ja sen seuraus

Päätoimittaja istui toimistossaan. Hän johti roskalehteä, joka oli ottanut tehtäväkseen taistella kaikkea Raamatunmukaista ilmoitusta vastaan, koska saatana oli sanonut hänelle sen olevan fundamentalismia ja koska häntä painoi oma huorinteko ja saatana oli hänelle antanut opin, jolla se ei tule ilmi ja uhkasi paljastaa teon, jos päätoimittaja ei kiltisti seuraa saatanan ohjeistusta. Niinpä lehti taisteli Kristillistä avioliittokäsitystä vastaan ja ajoi opetusta kouluihin, jossa luovuttaisiin Kristillisestä ihmiskäsityksestä.

Saatanan oman tiedemiehen huorinteko

Saatanan oma ateisti tiedemies saa seksioppinsa suoraan saatanalta, mutta ei tajua tätä, koska saatanan oma väärä profeetta on luonut hänelle saatanan opastamana maailman, jossa ei ole saatanaa, käärmettä, eikä Jumalaa. Huorinteossa hän kieltää, että mitään Jumalaa on ja mitään yliluonnollista. Hän valitsee huolella seksikumppanikseen samassa opissa olevan käärmeen ja huorinteon jälkeen he sopivat sopivasta saatanan neuvomasta opista. He saattavat luoda pitempiaikaisen "turvallisen" seksisuhteen ja ostavat saatanan kirjoituttamia seksioppaita, joissa saatana neuvoo, kuinka rakastella ilman, että näkee saatanan ja käärmeen, vaikkei usko Jumalaan ja Jeesukseen.

Salaisuus

Se kun ihminen ajettiin pois Paratiisista ja enkeli asettui sitä vartioimaan, tarkoittaa, että Paratiisi nostettiin maan päältä ylös taivaaseen, eikä sitä enää ollut eikä ole maan päällä. Paratiisia vartioiva enkeli odottaa viimeistä tuomiota, jolloin Paratiisi jälleen aukaistaan ja hän päästää ihmisen sinne takaisin. Paratiisiin luodut eläimen ja kasvit ja ihminen jäivät maan päälle. Dinosaurukset ovat eläneet aikana, jolloin ihminen ei vielä ollut langennut syntiin ja Paratiisi oli maan päällä.

Ajan henki

Danielin kirjan luku 11: 36–38 ennustaa antikristuksesta. Hän on henki, joka on vaikuttanut aina, mutta eri aikoina eri voimalla ja eri tavoin. antikristus ilmenee mm. siinä, ettei totelle vaimoin rakkautta, eli nousee homous ja lesbous ja viha Kristillistä avioliittoa ja Kristillistä perhekäsitystä vastaan ja tulevat avioerot ja huoruus ja aviorikokset. antikristuksen henki asettaa itsensä Jumalan yläpuolelle ja kieltää kaiken, mikä on Jumalasta ja pyrkii tekemään uskovaisista hulluja, koska saatana on aina näin halunnut. Antikristus on saatanan aikaansaama luomus. Hän korottaa omat luomuksensa ja sähköiset epäjumalansa, rahan, kunnian ja vallan jumalakseen. Myös Ilmestyskirja ennustaa antikristuksesta, joka korottaa itsensä maailman kuninkaaksi hallitseman kaikkea ja asettaa itsensä jumalan asemaan tuomitsemaan Kristuksen oppia.

Synnin yön vallatessa maan

palavat Goosenin maalla valot

Jumalan kansa siellä levossa

vihollisen piirittäessä

Siionin muurit kestävät

vihollisen ampuessa syntinuolillaan

on Kristus sen kilpi

sotavarustus

Satuttaa syntinuolet silti

joskus tappavat, murhaavat

ei helppoa elämää

Raamattu lupaa

vaan palkan kerran perillä

autuaan

Eräs keskustelu

Mies istui ruokapöydässä kadotetun kanssa. He juttelivat ystävällisesti monista asioista. Puhe kääntyi taivaaseen ja helvettiin. Ja he keskustelivat vuolaasti ja sovussa ja mies kertoi, miten ihana on kadotetun osa helvetin lämmössä. Ei enää tarvita lämpimiä vaatteita, ei ole vilua, ei pakkasta yhdessä nauttia tulessa saatanan ja hänen enkeliensä kanssa. Ja he iloitsivat ja riemuitsivat yhdessä tästä toiveikkaasta näköalasta, kun mies vielä kertoi omasta osastaan taivaassa yhdessä Jumalan enkelien kanssa ikuisissa Karitsan hääjuhlissa.

Kuin Yrttitarha

Jeesuksen veri

lähde sovinnon

Isän palava Rakkaus

Poikansa kautta

edestämme annettu

ainoa

syntien sovitus

Kiitos Isä lahjastasi

Pojastasi Jeesuksesta

jonka annoit omaksemme

asumaan

sydämissämme

syödäksemme

Hänen lihansa ja verensä

aterialla Pyhällä

nauttia Hänen armostaan

elämässämme

Kuinka ihminen

selität sanan Jumalan

on avioliitto eroittamaton

sen Jumala asetti

asetti sen miehen ja naisen välille

sillä ei ihmisen

ole hyvä olla yksin

tuki korvaamaton

on hurskas puoliso

Seurat Rauhayhdistyksellä

kuin Yrttitarha

ja polku keskellä seurasalia

johtaa Sanan äärelle

siellä edelleen Jeesus hikoilee

tuskanvertaan

antaa Sanaa

palvelijalleen

Henki

joka meitä yhdistää

Jumalan Henki

vaatii rakkauden

lähimmäisen huomioinnin

epäitsekkyyden

omasta luopumaan

on oltava valmis

Jumalalle kunnia

kuuluu kaikesta

itsensä alentaa

kuten Hänkin alensi

lihavat Hän kurittaa

nöyrät korottaa

Sokea on ihminen

tämän ajan

ei näe totuutta Jumalan

Sanaan kirjoitettua

aviouskollisuus poljettu

viihde ohjelmilla

huoruudella hirveällä

menolla rivolla

tuomio Jumalan odottaa

jo ovella

Kerran sen Ylimmäinen tuomari

lukee istuimeltaan

Kuinka Hän rakastikaan seurojaan

kun istui istuimellaan

katsoi alas maan päälle

näki ihmisen

Pienen Hänen omansa

silmäteränsä

Jonka edestä

vuoti verensä

Pyhän Hengen silmävoide

puhdistaa näkemään

lähimmäisen itseä tärkeämpänä

omat vikansa

Jumalan Sanan peilistä

Jumala katsoi Taivaasta alan maan päälle

kuinka Hän rakastikaan pientä ihmistä

luomaansa

usein niin horjuvaa

heikkoa

Armoa Hän halusi tarjota

sielulle jokaiselle

Näin

Erämaan kulkijat

Muistelen muinaisia erämaiden asukkeja. Raamattu kertoo Nimrodista, suuresta erämiehestä. Hän ei ilmeisesti ollut uskovainen, oli tehnyt huorin ja oli paennut erämaihin. Varmasti hän eli kunnollista elämää ja oli suuri metsämies. Oli profeetta Elia. Hän Raamatun mukaan pakeni kuningattaren vihaa korpeen, kun oli kukistanut baalin profeetat. Elia pakeni tosiasiassa saatanaa, sillä hän ei pelännyt kuolemaa, mutta saatanan vihaa hän ei kyennyt voittamaan. Elia eli pitkiä aikoja yksin kivierämaa korvessa ja saatana kiusasi häntä, mutta myös Jumalan enkelit palvelivat häntä. Jeesus paastosi pitkään korvessa ja koki saatanan kiusaukset ja ne voitti.

Näin

Ihminen ei saisi muuttaa sukupuolta ilman todella vakavaa, lähinnä synnynnäistä syytä, ettei hänellä ole varsinaista sukupuolta. Transvestiitin laita on näin. Hän on Jumalan luoma sellaisena, kuin on syntyessään ja Jumalan luomana täydellinen. Lääketiede on kehittynyt ja hänellä on vaiva, joka voi estää esim. avioliiton solmimisen ja häntä saa auttaa. On Jumalan luomistyötä ja Pyhää Henkeä vastaan muuttaa ihmisen sukupuoli, jolla on jo Jumalan antama pysyvä sukupuoli.

Lutherilla ja Paavilla oli sama vihollinen, saatana. Siksi, vaikka Luther uhkasi Paavia kovimmin mahdollisin sanoin, Luther yritti käännyttää Paavin, eikä Luther sanonut haluavansa, että hänen nimiinsä perustetaan oma kirkko, vaan hän halusi herätyksen ja että Paavi ja Roomalaiskatolinen kirkko kääntyisi ja tekisi parannuksen. Lutherilla oli oppia, mikä miellytti syntistä ihmistä, sillä hänen oppinsa oli monen esivallan mieleen ja niinpä monet tahot alkoivat näennäisesti tukea häntä. Luther ei olisi suostunut yhteistyöhön heidän kanssaan, koska tiesi heidät kadotettaviksi, mutta saatana uhkasi Lutheria ja Lutherin oli annettava periksi, että ottaa liittoja, joista hänen liittolaisilleen ja oppilailleen tulee vain kadotus. Luther itse olisi halunnut herätyksen ja Lutherin nimissä on johdettu paljon ihmisiä harhaan ja otettu paljon väärää henkeä ja vedottu Lutherin opettaneen näin, mutta Luther kirjoitti oppia ehkä 500–600 vuoden päähän aikaan, joka ehkä joskus tulee, eikä Lutherin oppia ole koskaan oikein toteutettu.

Lutherilla oli kova vihollinen. Hän ei antanut Paaville periksi ja olisi voinut voittaa hänet. Mutta Lutheria uhkasi saatana ja Luther uhkasi kaatua saatanan syliin, joka on kuolemaa kauheampi. Luther joutui antamaan periksi. Hän oli itseasiassa herätysjohtaja, joka uskoi että hänen toiminnastaan alkavat herätykset ja ihmiset kääntyvät, mutta hän joutui ottamaan liittoja harhaanjohtajien kanssa, koska häntä uhattiin kovemmalla teolla kuin kuolema ja Luther ei saanut voittaa kaikkea.

Paavali hävisi oman taistelunsa saatanalle. Raamattu kertoo, että ennen kuolemaansa teloitettuna Paavalin annettiin ottaa vapaasti uskovaisia vastaan. Esivalta halusi uskoa Paavaliin ja tiesi Paavalin olevan sodassa saatanaa vastaan. Paavali ei saanut Jumalalta niin paljoa valtaa, että olisi saanut saatanan voittaa, hän hävisi ja esivalta teloitti Paavalin, koska saatana vaati hänet. Esivallalla oli kuitenkin mahdollisuus tehdä kaikista synneistä parannus ja turvata Jeesukseen, joka olisi auttanut, mutta esivalta olisi joutunut tunnustamaan hirveät synnit ja kunnia olisi mennyt ja tilalle olisi pitänyt ottaa nöyryys Jumalan edessä.

Maailmassa on kolmenlaisia enkeleitä. On Jumalan ja saatanan enkelit. Kolmas ryhmä on ihmisten epäuskon takia suurin, eli ne ovat valheen enkelit. Saatanalla on omat valheen enkelit, mutta suuri joukko valheen enkeleistä on taistelussa saatanaa vastaan ja suurin osa näistä puolustaa Jumalaa, mutta saatana on vietellyt ne ja ne ovat väärässä opissa ja hengessä ja antavat harhaoppeja. On muutama harva saatanaa vastaan taisteleva valheen enkeli, jotka ovat niin pahassa harhaopissa, että vihaavat myös Jumalaa. Jumalan enkeleitä on enemmän kuin miljardi kertaa enemmän kuin muita enkeleitä yhteensä, mutta koska ihmiset eivät usko aitoon Raamatussa ilmoitettuun ja opetettuun Jumalaan, muut enkelit saavat valtaa. Jumalalla on kolme ylienkeliä, Rafael, Mikael ja Gabriel, jotka ovat niin vahvoja, että voivat yksin lyödä kaikki vihollisen enkelit ja saatanan.

Kommunismin loi väärä profeetta, jota valheen enkeli neuvoi. Tämä oli taistelussa saatanaa vastaan, mutta niin pahassa väärässä opissa ja hengessä, että vihasi jo Jumalaa ja kaikkea Jumalan omaa.

Sankarikuolema

Jeesus sanoi: "Joka voittaa, sen minä annan istua istuimellani". Taivaassa kaikki ovat kuninkaallisia. Siellä ei surra arvojärjestystä, eikä ole pienempiä ja suurempia. Opetuslapset halusivat suuremman osan taivaassa. Jeesus lupasi heidän hallita kahtatoista Israelin sukukuntaa. He saavat tehdä sen, kun muut istuvat Jeesuksen valtaistuimella.

Pahasti syntinen nainen kuvittelee olevansa Paratiisin käärme. Mutta hän ei voi olla, sillä Ilmestyskirja paljastaa, että käärme oli saatana, eli miespuolinen langennut enkeli, ei nainen. Saatanalla on hänen omiaan, miehiä, joita nainen ei ole vietellyt, vaan heidät on jo pikkulapsena saatana itse vietellyt omikseen ja tehnyt heistä viettelijöitä.

Nämä ovat kadotettuja sieluja, joista Raamattu kertoo, vaikka emme voi nimetä henkilöä, kelle armo ei enää kuulu.

Pahin käärme

Pahin käärme maan päällä henkiolento käärmeen, saatanan lisäksi on mies. Hänkin on syntynyt uskovaisena, kuten kaikki lapset, mutta hänet on miehen kautta saatana vietellyt jo hyvin pienenä poikana ja häntä ei ole alkujaan nainen vietellyt. Hän vaatii naiselta seksissä saatanan ja tekee hirveitä seksuaalisia tekoja ja on kadotettu sielu.

Oikea ja väärä rohkeus

Esivalta on Jumalalta, huonokin, sen Raamattu todistaa. Japanilla oli itsemurhalentäjiä, kamikatse miehiä. He olivat tehneet huorin ja vaatineet naiselta saatanan ja vannoneet uskollisuutta keisarille. He eivät olleet saatanan omia. Tämä oli heidän kulttuurinsa. Saatanalla on murhamiehiä, jotka lopulta ottavat tahallaan kuoleman sähkötuolissa tai poliisin luotina. Sodassa on vaarallisia tehtäviä, operaatioita, joihin lähtiessä tiedetään, että moni ei palaa elävänä takaisin. Itseään ei saa tahallaan tapattaa ja Jumala ei hyväksy itsemurhaiskua. Paavali lähti kerran Roomaan, vaikka häntä varoitettiin, lähes varmaan kuolemaan ja hänet myös siellä teloitettiin. Hänen tekoaan ei saa toistaa. Suomalainen upseeri Väinö Havas kaatui lopettaakseen sodan ja saatanan oli annettava periksi, ja Havaksen tekoa ei saa toistaa.

Sankarikuolema

Kirkkoherra, kansanedustaja, Lasten Siionin päätoimittaja Väinö Havas lähti vapaaehtoisena Suomen sotiin. Hänen ei olisi ollut pakko lähteä. Hän joutui Talvisodassa usein kuoleman eteen ja kuin ihmeen kautta pelastui. Jatkosodassa hän oli kapteeni, komppanian päällikkö. Komppanian päälliköllä on etulinjassa omat tähystäjät. Havas kuitenkin nousi taistelussa itse tähystämään vihollisen hyökkäysvaunua. Hän nousi juoksuhaudasta täyteen mittaansa ja uhmasi tappavaa luotia. Vihollisella oli murhamies, tarkka-ampuja, joka ampui hänet. Tämä oli viholliselta kova teko ja saatana oli kauhuissaan ja joutui antamaan periksi.

On huvi ilta

kadotetut sielut ravintoloissa

kadotuksen kierteen lomassa

nauttivat kielletyn puun hedelmän

viini annoksena

herää himo

herää halu

tyydyttämätön

Jossain uskovainen vanhus

ottaa jääkaapista

Paratiisin puun omenan

siunaa sen

ja syö uskolla

Herran lahjaa

on ruoka

Sielunvihollinen on katala

tuhanten juonten mestari

se tekee itse itselleen vihollisen

sotii itseään vastaan

sortaa itseään, jopa kiduttaa itseään

vaatii lampaat tilille

sortamisestaan

ohjaa näin taistelua

niitä joka valheeseen uskovat

kertoo Sana pyhä

ennalta annettu

totuuden

kuinka elää

ja vaeltaa

Armo on ennen totuutta

Mooseksen laki oli hengellinen uskovaisille, mutta maallinen laki epäuskoisille kivitystuomioineen. Lakia ei saanut säätää maalliseksi laiksi, koska laki olisi koskenut myös uskovaisia, koska maallinen laki on sama kaikille.

Mooses kertoi salaisesti, että Jumalan hänen kauttaan antama laki ei koskenut uskovaisia. Vanhan Testamentin kuninkaat tiesivät tämän salaisen tiedon. Uskovaiset kuitenkin tavallaan olivat lain alla, koska salaisuutta ei voinut paljastaa ja epäuskoisten toimesta laki kantoi heidän päälleen.

Mooseksen lain perusteella Juutalaiset omalakisesti kivittivät ihmisiä kuolleeksi. Uskovaiset eivät tähän alkaneet, mutta uskovaisia oli Juutalaisten seassa vähän.

Pyhän Hengen pilkkaa ei sovitettu ristillä ja se on synti, jonka Juudas teki Jeesukselle. Jeesus syyllisti fariseukset tästä synnistä. Jeesus sanoi, että joka sanoo jotakin Pyhää Henkeä vastaan, sitä ei anneta koskaan anteeksi. (Matt. 12: 31–32)

Jumala rakastaa syntistä ihmistä

mutta sanoo vihaavansa syntiä

armo ei anna oikeutta

tehdä syntiä

Kovimmat tuomiot luki Jeesus

Hän sanoi:

joka sanoo sanankin Pyhää Henkeä vastaan

ei koskaan saa sitä anteeksi

vaan odottaa kadotus

Hän, Jeesus

söi kadotettujen kanssa samasta pöydästä

tervehti heitä

ja jutteli ystävällisesti heidän kanssaan

Hän tarjosi heille armoa

mutta he torjuivat sen

Hänen omiaan oli vähän

Totuus

Valheen enkeli, joka on saatanan valheen enkeli, saarnaa saaneensa Raamatun satukirjaksi. Hän valehtelee, koska ei ole koskaan Raamattua saanut. Jumala vihaa häntä ja hän Jumalaa. Jumala ei anna Raamattua saatanalle, vaikka saatana väittää sen saaneensa. Saatanalla on Raamattu, jota lukee omaksi tuomiokseen. Valheen enkeli on kertonut Raamatun opin vanhentuneen ja saarnaa rakkauden teologiaa, jota ei voi lopulta perustella Raamatulla, vaan perustuu irrallisiin lauseisiin, ei kokonaisuuteen. Raamattu on otettava kokonaan, eikä siinä ole turhaa Sanaa, mutta kukaan ei koskaan ymmärrä koko Raamattua. Pyhä Henki avaa Raamattua uskovaiselle. Epäuskoiselle sitä selittää valheen enkeli.

Pyhä Henki on ollut uskovaisilla ihmisen luomisesta lähtien. Se vuodatettiin näkyvällä tavalla vahvasti ja voimallisesti vahvistukseksi ensimmäisenä Helluntaina.

Armon aika on vielä käsillä

silla kadotus ja helvetti

eivät ole vielä laskeutuneet

kaikuu sovintoveren ääni

Siionin Vuorelta

armahdetun osa

autuas

Syvyyksien Hän on Herra

asuu korkeudessa

Ei helvetti

ei pimeys

kadotuksen vaiva

tuomion polttava tuli

voi Rakkauden tulta voittaa

joka paloi ristillä

toi armahduksen

katuvalle sielulle

veren ääni

sammumaton

Kuluttavainen tuli

edestämme annettu